갱도

박치치

두 번째

시/노래집

2024

치치의 말

죽은 줄로만 알았던 동백나무에

다시 잎이 핀다

시간을 생각한다

사랑의 질량을 생각한다

추억의 중력을 생각한다

살고 죽는 일을 생각한다

비선형과 순환의 순간들

붙잡을 수 없는 석양

계수할 수 없는 파도

슬픔도 그런 종류라서

이제 다시 볼 수 없는 이들을 생각한다

나중에 동백이 자라서 꽃이 피면

그래서 다 피고 지면

그래도 오래 기억해야지

화분의 시간

이름 없는 해변에서 온 조개껍질을 나무 옆에 두었다

가장 춥고 어두운 밤이 온대도
사랑도 질량도 끝도 없는 암흑을 떠돌아도
우리는
선하고
다정하고
진실되기를

먹통 같은 갱도에서 엉엉 울며 길 헤메는 모든 시들에게
이 책을 바칩니다

2024년 10월

설원

설원이었다
그래도 피어난 것들이 있었고
사랑을 믿게 하는 것은
주로 그런 것들이었다

꽃다발

안녕
나는 당신의 꽃다발

마르지 않는 물감
미뤄둔 방학 숙제
읽지 못한 메시지
현상하지 않은 필름
전하지 못한 편지
빈 술잔
젊은 날
이루어지지 않은 사랑
한 때의 꿈

눈 꼭 감아도 사라지진 않지
긴 밤
우리들의 죽음

안녕
그대 나의 꽃다발

선물

선물을 주고받는다
갑작스런 선물에선 운명이 들리고
준비되었던 선물에선 사랑을 읽는다
우리는 매일 서로에게
선고하듯 주고받지
선물 같은 무언가를

이곳은
노인들만 자라고
아이들이 자꾸 죽는 이상한 시간

호주머니 속
울창한 슬픔을 쥐었다 놓았다 하며

우리는 오래 아끼던 비극을
주거니 받거니
슬픔이 침대 밖으로 흘러넘친다

그럼에도 불구하고 우리는

서로 감사를 해야만 한다고
볕에 슬픔을 내다 너는 것처럼
그러면 마치 슬픔이 아주 마르기라도 한다는 듯이

책장에는 차곡한 주정처럼 영영 비극이 쌓여간다

슬픔의 몫

서서히 멸망하는 우리의 세계 앞에서
작물처럼 느리게 우리가 죽어가는 것도
제 때에 맞춰 살아가고 붙어먹는 것도
그래도 사고는 때맞추어 일어난다
파도가 해변을 핥듯이

편지가 두 장이거나 혹은 석 장이거나
사랑하는 사람은 언제나 혼자였으므로
문장들도 언제나 외로운 것들뿐이었다

믿고자 한다면
믿을 것이다
지겹다

가이사의 것은 가이사에게
슬픔은 나의 몫이려니

기쁘게 칠흑처럼

많이 읽으면 지혜가 될 줄 알았지
멀리 돌아서라도 평화가 온다고 믿었지

얼어가는 마음은
멀리 고독한 오두막
외딴곳만 떠도는 돛 없는 배
아무도 외지 않는 기도문
읽으면 쌓이는 차곡한 슬픔이여

배신하려고 세상에 내리는 것들
하얀 눈이나
맑은 아이나
뜨거운 사랑 같은 것들

사랑이여
이 계절과 저 계절에
영영 나를 배신하소서
내가 기껍게 그대를 쌓이겠나이다
내가 기쁘게 칠흑처럼 녹겠나이다

그대는
계속 세상에 내리소서

첩자

인칭으로서 나는 자꾸만 세상과 사람과 다 분절되어
덜 익은 포도를 씹어 마시고 취해버리는 여우가 된다
계속 울고 속고 나는 어리석고
여전히 불안하고 슬픔이 잦고
계속 사람들은 걱정하고 꾸짖고 돌아서는
여전히 호되고 두려운
문밖의 세상
취하지 않으면 아주 떨리고 겁이 나는 시간들
어쩔 수 없이 흘리는 미운 글들
매일 밤 어제를 구토하는 얼굴들
때때로는 기쁘기도 하던 걸음들
우리는 무엇을 찾아 이곳에 왔을까

모처럼이니 내일은 산에 갈까
잔뜩 그런 생각을 한다
나는 다만
그리울 뿐
잘 그려보면 우는 늙은 아이가 있다

불로불사 100년 1000년 죽지 못한 귀신
이르면 사보따쥬 늦는다면 태업
우리는 매번 정시이므로
세상에서는 쭉 틀림없는 첩자인 것이다

노새

절망의 망령이 제언했다
''불안하라
나는 끝없는 갈망에 시달리는 저주에 걸렸으므로
그의 말대로 밤마다 불안하여지기로 하였다

절망의 망령이 다시 제언했다
''참 슬프라
나는 끝없이 행복을 쫓는 저주에 빠졌으므로
그의 뜻대로 새벽마다 별수 없이 슬퍼지기로 하였다

절망의 망령은 나를 면밀히 검토한 후
다시 제언하였다
''코뚜레를 내게 주고
내가 걷는 걸음 뒤에 걸으라
나는 여전히 악몽에 시달리는 밤이 많았으므로
그의 손에 나를 쥐이고
그의 걸음 뒤로 나란히 걸었다

나는 최대한 덜 슬프고 최대한 많이 기쁘기로
때때로 다짐하였으나
백 개의 등에 불안과 슬픔을 지고 저는 노새가 되어
스스로를 미워하고 우는 날이 잦게 되었다

드디어 절망의 망령은 치밀하고 완고하게
운명을 선고하였다

''이 더운 날과, 어둠과, 젊음과, 작별과, 졸피뎀과, 환상
과, 투사와, 경찰조사와, 22일 반지하 방 월셋날과, 대출
이자와, 합의금과, 신용카드 리볼빙 대금들과, 용역 깡
패들과, 차례로 다가오는 1년 거치 2년 거치 몇년 거치
대출들의 상환기일과, 곰팡이처럼 부풀던 부풀던 각종
의 청구서들과, 벌금들과, 악몽들과, 죽음들과, 사건들
과, 밤낮으로 계속 처먹는 정신병자의 약들과, 이 많은
빚들과, 이 부질없는 빛들을 그대에게 판결한다 땅땅땅

그래서
나는 깊이 땅 밑으로만 걷는
말하자면
노새 같은
그런 마음으로 지내게 되었다

쉬운 저

비겁한 사람은 사과할 수 없고
용기 없는 사람은 용서할 수 없다
우리는 가진 것이 외로움뿐이라
투신하듯 경멸하고
분신하듯 증오하고
던지고 태워도
영영 빛없는 나의 길
유리처럼 텅 비어
만만하고 쉬운 저
전부 허무하다

표정들의 정치

위태롭고 허술한 것들
공교롭게도 매번 월요일은 돌아오고
세상은 여전히 쓸쓸하고
두려운 문밖의 세상
우리가 서술하는바
무상한 척 좋은 것들을 말하고
가지런한 불안들을 뇌까려도
두렵고 쓸쓸한 곳 여기는
절망이 이리처럼 거리를 쏘다닌다
듣기도 싫고 보기도 싫고 나는
기도처럼 방문을 닫습니다
문패에 썼다 지운 것들
기쁨 희망 좌절 노동 사랑
두툼한 장막 뒤로 완고하게 서서히
낭비한 사랑만큼 우리 흐려지리라
깊었던 비극만큼 다시 진해지리라
우리가 계속 에둘러 늙어간다
아이들만 죽어나는 세상에서

불면

실망처럼 잠든다
우리는 너무 크게 기대했으니까
그리운 날은 다시 오지 않기로
우리들은 너무 오래 깨어있었다
끝은 완고하고 집요하게 다가온다
사람은 너무 어렵게 살고
너무 쉽게 죽는다

삶은 즐겁지 않다

어두워 아는 것

사실 우리는 모두가 실수라서

계속 반복하고

후회하고 번민하고

알면서도

끝까지 끝나지 않을 것처럼

춤을 추고

천형처럼

영원히 어릴 것처럼

아닌 걸 알면서도

해가 밝고

방 불을 끄고 알았다

네가 참 밝았다는 것을

우리가 환한 대낮이었다는 것을

사랑

사랑에 대하여 생각한다
서로의 편이 되는 것
기쁘지 않은 날 함께 우는 것
가장 어둡고 추운 밤 서로 잃지 않는 것
고독 대신 서로를 믿는 것
기도처럼 신앙처럼 눈을 마주치는 것
시꺼먼 운명 앞에서 용감하기로 결정하는 것
서로의 곁에서
멸망을 함께하는 것

젖지 않는 단어

세상이 장마라면
당신은 젖지 않는 단어
나는 발음 없는 문장
우리의 계절은 배역도 대사도 운명뿐이고
다시는 해도 달도 뜨지 않기를
원래부터 일기예보는 맞으라고 보는 것이 아니니까

아홉 시나 열 시쯤 매번
멸망해 버리는 세계에 대하여

우리 앞의 길은 이토록 검고

세상은 이토록 막막한데

걸음이 다 후회고 미망인데

허공같이 무거운 장막

나를 덮으라

광막한 삶이여

금 같은 허무여

닳고 닳은 생이여

그런 기분으로 생을 그냥 보내는 것이다

혼자남은 방

공중에 우리를 널어놓으면 -좌식 식탁 앞에서, 해진 회색 러그 위에서, 책과 연기와 예쁜 술잔 앞에서- 슬픔은 매번 서로의 탓이었다. 우리는 아무 잘못이 없었고 운명이나 시간 같은 것들이 가끔 괴로웠다. 때때로 노을이나 구름이나 설원이나 파도 같은 것들을 보았다. 세상에 꽉 붙잡아주세요. 우리는 좋은 아이들. 당신은 맑은 호수. 나는 더운 나라. 우리는 행복하고 불안하고 수상하여 최고 좋은 아이들. 모두 용서되는 안전한 세계라면 오래 늦잠을 자야지. 쉽게 잠들고 좋은 꿈도 꾸어야지. 이제 잠들고 깨면, 꿈은 다 가고

내 방에 이제 나 혼자 살아야 한다.

항구의 밤

허물어지는 여름에도
쏟아지는 빗속에서도
나는 어리석은 내가 두려웠다

밤이 되면 항구 등에 불이 들거나
환한 배가 나가거나
어부들과 항구의 여자들이 섞이거나
그런 것은 다 허물어져 가는 계절 속에서
하나도 신경 쓰이지 않았다

불안하고 두려운 것
그것이 싫었다
아가미가 터지거나
요일들이 떠내려가거나
서툰 닻이 간혹 볕에 걸려도
나는 신경 쓰지 않았다

세상에서 나는 자꾸 바보가 되어가고
그 자리가 내 자리인 양

덜덜 떨면서도 허풍 하며
야무진 눈으로 엉엉 울었다
계절이 불처럼 쏟아져도
미움받고 싶지 않았다
좋은 이가 되고 싶었다

밤과 숲과 잃은 길들

밤과 숲과 잃은 길들아
너희들은 알겠지
잊게 할 이 없는 불안과
긴 장마 같은 마음을

노래

사내들이 바다에 외던 노래
아이들이 꽃 꺾으며 부르던 노래
딸 보내는 어머니들 어스름 울던 노래
풍경 뒤로 시도 가락도 잊어지면
돼지든가 그게
난간을 밟거나 목에 줄을 걸거나
하여간 우리는 금세 노래가 되고
사랑은 쉽게도 지워지고
금년이나 후년까지
취한 얼굴 붉은 눈 잠자코 노래를 하려마

좀돌날몸돌

때리면 떨어지는 것들
나를 싫어하는 당신들을 떠올린다
기원전 약 9000~8000년 전에도 나는 당신들께 무척
미움받았을까
산 좋아하는 이는 산에서 죽고
물 좋아하는 이는 물에서 죽는다던데
너를 좋아하는 나는 이제 어디에서 죽어야 하나
기원전에 나는 무엇을 잃어버렸나
우울이든가 아니면 그게 슬픔이었나
어쩌면 애먼 것만 아껴 온 것이 억울한가
아니지 억울함은 속에 눌러 담으면 그만이다
고통은 참고 인내하면 그만이다
나는 다만 두고 온 좀돌날몸돌이 그리운 것이다
돌날에 베이고 살이 물렀다 굳어가며 수백 번 수천 번
좌절했을
사랑하듯 미워하듯 죽기 살기로 꽉 쥐었을 그것이
세상 사람 다들 나를 미워해도 괜찮다
잃어버릴 좀돌날몸돌을 다시 한번 쥘 수 있다면

빈집에서

길가에 꽃이 핀다
나는 이 꽃을 기억하지
유행처럼 꽃을 꺾을까
언제부터 너는 소식이 없었지
어떤 사랑을 여기 기록하기로 하였던가
벽 같은 적막
텅 빈 나는
가난한 어휘들
하루 더 살면
하루 더 실수한다
높고 높은 쓸쓸한 나의 방과
계속 시커먼 날들
편지들은 어디에 따로 옮겨 적어둘 걸 그랬다
꽃이 다 지면
그때는 기도라도 배워볼까
장막 같은 침묵
내뱉으면 슬픔이 되어버려
탑 같은 빈집에서
매일 차곡차곡 슬프다

산

너는 알겠지. 나의 모진 구석. 그 많던 실수와 절망과 어
두운 밤과 아픈 시간들. 나의 오랜 벗이여 산과 숲과 슬
픔이여. 나 한 줌 네게 놓고 가네

밤

서둘러 밤이 되라고
계속 동쪽으로 걸었다

슬픔만 사방에서 떠올랐다

모서리

때때로 밤을 겪기도 하였는데
어디든 온통 검은 페이지뿐이라서
나는 모서리마다 전부 접힌 종이처럼
매번 모질고 비극이고 종말이었다

슬픔이 넝쿨처럼 밤을 담을 다 덮었다

눈물을 꾹 참았다

물속의 숨

꿈을 꾼다
물속에서
숨에 집중하는 것
깊고 깊은 무질서의 바닥으로 가라앉는
나의 숨
어쨌든 나는 후회하고 싶지 않아
당신은
꽃 같은 당신은
나의 파동
나의 입자
나의 젊은 모든 실존
그대 나의 사랑
그대 나의 숨

잠

온점 없는 문장처럼
꾸준한 성취처럼
삶이 날마다 유실된다
세상만 매일같이 온전하고
온전하지 않은 것만이 내 안에 가득해
아득한 어제들

장막 같은 긴 긴 밤으로
가끔만 맞는 시계의 침으로
끝없는 온점만이 가득한 잠의 곁으로
몇 알의 아롱한 삶이여
잠들기 전에는 절대 끝나지 않는 밤이여

오늘 우리 함께 비겁하고
내일은 정답게 비극을 추수하자며
첫눈 녹듯
검게 무르고
우리 취침하소서

갱도

검고 쓴 돌을 꾸역꾸역 씹어 삼킨다
나는 당신을 갱도에서 만난다
여기는 원래부터 빛이 없어
자 이제부터 뜨거운 어둠

스스로가 버거울 때마다 일기의 페이지 끝을 접어 두었
다
때때로 발작하듯 악을 질렀다
그 검은 길에 모든 존재들이 듣도록
먹통 같은 갱도에서 엉엉 울며 길 헤매는 나의 시들아
이제 사랑은 간단다
자 이제 뚝
그만 울고
이제는 다들 꼼꼼하고 완전하게 죽어야 할 시간이다
드디어 나 이 갱도 속에 꼼꼼하고 완전하게 침묵할 시간

시

\-

노래

습관

하늘을 보는 것은 습관
두통이 심한 것도 습관
내가 나를 사랑하지 않는 것도 습관
당신들의 정치도 습관
나의 우울도 습관
내 마음에 살았던 것들도 모두 습관이었네

마음은 자꾸 상하고
머리는 자꾸 아프고
난 긴 잠이 그립고
하늘은 계속 넓기만 하고

새들은 계속 별처럼 날기만 하네
습관처럼

돈이 없는 것은 습관
서러워 우는 것도 습관
못을 자꾸 밟는 것은 바보 같은 습관
하루뿐인 일당도 습관

가난한 술잔도 습관
내게 살라고 말하는 것들도 모두 습관이었네

난 이런 가난이 싫고
올라가는 건물도 싫고
난 긴 잠이 그립고
푸른 새벽의 풍경이 싫어

나는 계속 어리게 사네
습관처럼
나는 계속 울기만 하네
습관처럼

꿈에서

어제 나 깊고 진한 잠에 빠졌네
꿈에 나 한 세월을 산 것 같았지
어느 쪽이 나의 진짜 삶인지

도무지 알 수가 없었네

7년을 일주일처럼 보냈지
우리 언젠가 죽고 못 살던 때가 있었나
그때 우리 지금과 다르진 않았지

꿈결처럼 부서지네 작은 나의 침대에서

때가 되면 나 이 꿈을 깨리
그날 오면 나 가끔만 울지
두오 두오 나 이 꿈에 두오
나 슬퍼도 좋소

깨지 못할 긴 꿈을 꾸리
잠에 들면 나 고됨 없으리
가오 가오 나 꿈속에 가오
이젠 미련 없다오

연기처럼 나 부서지리라
영원 속에서 편안하리라
꿈에서

나의 사랑

내리는 비를 피할 수 없다면
너와 함께 맞겠네
젖어도 우리 춥지 않겠네

칠흑 같은 어둠에 잠들 수 없다면
너와 밤을 새겠네
푸른 새벽 너와 함께 열겠네

시꺼먼 운명을 피할 수 없다면
너와 부서지겠네
함께라면 견딜 수 있겠네

삶의 미로에서 길을 잃으면
너와 길 헤메겠네
손잡고 서로 잃지 않겠네

너와 쭉 행복하겠네
너와 평생 함께하겠네
그게 나의 사랑이라네

잠

꿈속에 찾아 가겠소 그대 궁전에
빠지고만 싶소 깊은 잠에
고된 하루 끝에 겨우 나 잠드오
우리 두 번 다신 깨지 마오

달로 만든 마차를 타고 그대를 찾겠소
해로 엮은 화관을 쓰고 나를 맞아주오
고된 하루 끝에 겨우 나 잠드오
우리 두 번 다신 깨지 마오

이제 나 잠드오
슬퍼 마오 우리 또 보오

이글이글 우리 지노라

췱범아 노루야 고른 양지야
살고저 고은 날들아
어둠 다 살라 먹는 검은 해야
이글이글 우리 지노라

세상 백해한 애띤 짐승아
싹이랑 틔는 것들아
슬픔도 살라 먹는 검은 해야
이글이글 우리 지노라

꿀벌을 타고 노네 검게 활활 타네
젖 같은 강 흐르네 산에 들에 골에
범의 꼬리 베고 자네 밤도 낮도 없이
이글이글 사르라네 검고 검은 해가

아이들이 달려가네 진창 언덕위로
뱀을 꺾어 피리불며 노래 따라하네
뿔달린 금수들과 밤새 춤을 추네
이글이글 사르라네 검고 검은 해가

해가 지네
해가 뜨네
해가 또 지네

꿀벌을 타고 노네 검게 활활 타네
젖같은 강 흐르네 산에 들에 골에
범의 꼬리 베고 자네 밤도 낮도 없이
이글이글 사르라네 검고 검은 해가

아이들이 달려가네 진창 언덕 위로
뱀을 꺾어 피리 불며 노래 따라 하네
뿔 달린 금수들과 밤새 춤을 추네
이글이글 사르라네 검고 검은 해가

사르고 또 사르라네 검고 검은 해가

잠

푸른 잎 같던 젊음은 갔고
내겐 갈 일만이 남았노라
낙엽처럼 마를 일만 남았노라
나 이제 가노라

나는 못난 구석이 적지 않았네
젊은 날엔 아픈 일이 너무 많았고
울다 그만 좋은 시간 흘려보냈고
이리 늙어 이제는 좋네

forget me not

나의 모진 구석은 잊어주게
다음번에 우리 다시 만날 때에는
술잔에 좋은 술을 가득 따르고
그리웁던 말들을 나누세

슬픔은 건게 나의 소중한 사람이여
나는 기쁜 길을 걸어왔노라
그런고로 미련 없이 나는 떠나네
나 이제 가노라

가끔 내가 마음에 사무치거든
들판에 술을 따르라

크레디트

프로듀싱 : 박치치

믹싱 : 박치치

마스터링 : 박치치

작사 : 박치치

작곡 : 박치치

연주 : 박치치

노래 : 박치치

디자인 : 박치치

영상 : 영화사 동백

기획 : 서울 안티파 빨치산 여단

제작 : 서울 안티파 빨치산 여단

(앨범 QR코드가 인식되지 않으면

유튜브에 '치치도조아조아'를 검색해주세요)

갱도
ⓒ 박치치

발행일 2024년 10월 03일
지은이 박치치

발행처 인디펍
발행인 민승원
출판등록 2019년 01월 28일 제2019-8호
전자우편 cs@indiepub.kr
대표전화 070-8848-8004
팩스 0303-3444-7982

정가 10,000원
ISBN 979-11-6756606-5 (03810)